**Dirección editorial:**
Departamento de Literatura GE

**Dirección de arte:**
Departamento de Diseño GE

**Diseño de la colección:**
Manuel Estrada

*El 0,7% de la venta de este libro se destina al Proyecto «Mejora de la Calidad y oferta educativa del ciclo diversificado del Instituto Tecnológico Quiché de Chichicastenango (Guatemala)», que gestiona la ONG Solidaridad, Educación, Desarrollo (SED).*

1.ª edición, 20.ª impresión: enero 2025

© Del texto: Laida Martínez Navarro
© De las ilustraciones: Javier Zabala
© De esta edición: Grupo Editorial Luis Vives, 2003

**Impresión:**
Edelvives Talleres Gráficos. Certificado ISO 9001
Impreso en Zaragoza, España

**ISBN:** 978-84-263-5109-8
**Depósito legal:** Z 46-2012

Todos los derechos reservados. Cualquier forma de reproducción, distribución, comunicación pública o transformación de esta obra solo puede ser realizada con la autorización de sus titulares, salvo excepción prevista por la ley. Diríjase a CEDRO (Centro Español de Derechos Reprográficos) si necesita fotocopiar o escanear algún fragmento de esta obra (www.conlicencia.com; 91 702 19 70 / 93 272 04 47).

## FICHA PARA BIBLIOTECAS

MARTÍNEZ NAVARRO, Laida (1965–)
 Los líos de Max / Laida Martínez Navarro ; ilustraciones, Javier Zabala. – 1.ª ed., 20.ª reimp. – [Zaragoza] : Edelvives, 2025
 106 p. : il. ; 20 cm. – (Ala Delta. Serie azul ; 24)
 «Premio Lazarillo 2002»-cub.
 ISBN 978-84-263-5109-8
 1. Personas tartamudas. 2. Familia. 3. Miedos infantiles.
4. Excursiones. I. Zabala, Javier (1962–), il. II. Título. III. Serie.
 087.5:821.134.2-3"19"

ALA DELTA

# Los líos de Max

Laida Martínez Navarro

Ilustraciones
Javier Zabala

EDELVIVES

*A Íñigo, mi marido.
Y también a nuestros sobrinos
Ane, Nora, Ramón, Ander, Estitxu y Diego.*

# 1

## LA BRUJA DEL PARQUE

Los días que hace frío mamá dice que me constipo y no me deja salir a la calle a jugar. Eso mismo ha dicho hoy y me ha mandado a hacer los deberes nada más volver del cole. ¡Vaya rollo! Me siento en mi habitación y abro el libro, pero como no tengo ganas de estudiar, se me ocurre ir a la habitación de mi hermana. Ane es muy lista, todos lo dicen, y juntos lo pasamos requetebién... Además, desde su cuarto se ve todo lo que ocurre en el parque. Es muy divertido.

Pasamos la tarde con la nariz pegada a la ventana y dibujando con el dedo en el cristal empañado. Luego nos quedamos mirando los árboles del parque.

—¡Cuidado, Max! —me dice mi hermana, de repente—. Tú crees que esos árboles son árboles. Todos creen que son árboles... Pero no lo son... ¿Sabes qué son?

¡Jopé, Ane! ¡Qué pregunta! Seguro que lo hace para asustarme... Pues si piensa que me va a asustar, se equivoca. Soy muy valiente.

—Dime, Max, ¿sabes qué son?

—N-n-no, A-a-ane. N-n-no l-lo sé... —respondo tartamudeando, porque soy tartamudo.

Ane se acerca muy despacio y, mientras me hace cosquillas en el cuello, grita en mi oído:

—¡SON LAS BRUJAS DEL PARQUE!

¡Ah, qué susto! Salimos corriendo de la habitación, chillando como locos, y lo pasa-

mos en grande peleando y riendo, hasta que aparece la abuelita a ver qué es este jaleo.

Cuando aparece la abuelita, se acaban las peleas y se acaba todo. Todo. Ane y yo tenemos mucho cuidado con ella, porque si se enfada, nos calienta el culo enseguida. «Plisplas.» La abuelita nunca entiende nuestras riñas y, además, le da igual quién es el culpable, le da exactamente lo mismo. Nos castiga a los dos y sanseacabó.

Mamá cree que ese sistema es muy bueno: siempre está de acuerdo con lo que la abuela decide, así que nosotros, a callar. Además, mamá siempre dice que hasta que vuelva el barco de papá no va a poder descansar, que le damos mucho trabajo y que es muy duro estar casada con un capitán.

Cuando dice *duro,* me mira a mí... ¡Rayos! Mamá y la abuela no dejan de repetir que no me meta en líos y que sea formal. Eso y que

no me distraiga, que siga comiendo, porque soy más lento que una tortuga.

Hoy a la hora de la merienda me lo han vuelto a decir: que me siente y no me levante hasta acabarlo todo. ¡Jo, qué lata!

Me dejan en la cocina con el bocadillo. ¡Menudo rollo! No tengo ni pizca de hambre; por eso me acerco a la ventana y me pongo a pensar en lo que ha dicho Ane. ¡Bah! Ya sé que las brujas no existen, cómo no lo voy a saber. Pero en la calle no hay nadie; sólo los árboles del parque. Y qué oscuro está. No, las brujas no existen, pero parece que en cualquier momento va a aparecer una y va a cruzar la calle. Va a llegar a nuestra acera y acercarse a nuestra casa. Va a pararse y llamar a la puerta.

¡Anda! En cuanto lo pienso, suena el timbre: «¡riiing!, ¡riiing!». Tocan dos veces. «¡Riiing!» A la tercera, salgo como un rayo hacia la entrada. Me paro en la esquina del pasillo y, desde allí, miro a escondidas a ver quién es. Entonces la veo.

Me quedo de piedra.

¡Qué fea! Altísima y toda vestida de negro. La bruja más bruja que he visto en mi vida:

con una pluma en el sombrero, verrugas en la cara y una nariz enoooorme.

Lo malo es que, con tanto mirarla, no me entero de nada. La abuela dice algo, la bruja responde y después se marcha calle arriba.

Salgo zumbando hacia la habitación de Ane.

—¡U-U-UNA B-B-BRUJA, A-A-ANE!

La cojo de la mano y la arrastro a la ventana. Corremos la cortina, miramos hacia fuera y... ¡Porras! ¡No hay nadie!

Eso me deja mudo, de verdad; pero a Ane, no. Ane se enfada mucho, muchísimo... y me grita que no le gaste bromas y que no coma en su habitación, porque soy un cochino y si mancho algo se lo dirá a mamá.

¡¡¡El bocadillo!!! ¡Es verdad! Lo he tenido todo el tiempo en la mano, pero ni lo he probado.

Vuelvo a la cocina muy preocupado. Si mamá me ve con el bocata, se va a armar gorda. Seguro. Me siento en una silla junto a la abuela y, cuando me mira, doy un gran mordisco. Una mirada, un mordisco. Sigo así hasta acabarlo todo. ¡Buuf!

—Muy bien, cariño —dice la abuela—. Ahora, los deberes.

—¿D-d-deberes?

¡Jo, es que no tengo ganas de hacerlos! Además, mañana es fiesta. No hay cole. Ya los haré mañana y así no me aburro. Mañana tendré todo el día para hacerlos, ¿verdad?

La abuela me oye y menea un poco la cabeza. Después abre la boca... pero, antes de que diga nada, le pregunto por la señora de la puerta, porque si empieza a regañarme no acabará nunca.

—Ah, esa mujer... Es la nueva modista del barrio.

Le pido que me cuente más cosas y me dice el nombre de la bruja: doña Catalina. Luego sigue y sigue hablando sobre un montón de cosas más, seguramente todas muy interesantes; pero como no son acerca de la bruja, no me entero de nada y no puedo repetirlas.

La tarde se me pasa volando pensando en doña Catalina y al acostarme se me ocurre que con las brujas hay que tener cuidado. Muchísimo cuidado. Todos los cuentos lo dicen.

Cierro los ojos y duermo y duermo hasta que me despierta el sol. Hoy no me ha costado nada levantarme: es fiesta, ¡yupiii! Desayunaré rápidamente, mamá y la abuela se pondrán muy contentas y nos dejarán ir a jugar al parque.

Dicho y hecho. Me bebo la leche y como todas las galletas sin rechistar. Las dejo asombradas. Mamá dice que hacía tiempo que no acababa tan deprisa. Después nos da permiso para ir al parque, así que cruzamos la calle y ya estamos allí.

Antes de darme cuenta, Ane echa a correr.

—¿A qué no me pillas, renacuajo?

Y no la pillo, claro. Tiene tres años, ocho meses y dos semanas más que yo. Nunca consigo pillarla.

—¡E-e-espera, A-a-ane!

Sigo corriendo y corriendo, pero ella se esconde entre los árboles y no la vuelvo a ver. ¡Jo, Ane! ¡No hay derecho! Va y me deja solo en mitad del parque. ¡Qué cara! Bueno, pues si no vuelve, se lo voy a contar a mamá. Mamá siempre nos dice que estemos juntos... Eso y que no hablemos con extraños. A mamá no le gustan nada los extraños.

¡Rayos! Pienso en ello y miro a mi alrededor. ¿Y si aparece uno? ¿Y si me ofrece caramelos? Algo parecido le ocurrió a un niño de un cuento. Se le apareció una bruja mala... malísima... El niño se comió el caramelo y la bruja lo convirtió en rana.

Eso me deja muy preocupado y no hago más que pensarlo: el niño del cuento era pequeño, de eso sí me acuerdo... y también muy tonto, porque hay que ser muy tonto para aceptar caramelos de una bruja y dejar que te convierta en rana, ¡hay que ser tonto de remate! Pero yo ya tengo nueve años... No hay problema: si viene una bruja, le diré que soy demasiado mayor para creer en esas cosas... Eso y que se largue, que no me gustan los caramelos.

¡Bah, brujas! Soy muy valiente y no les tengo miedo.

—¡¡AAAY!!

¡Ah, qué susto! De repente, ha aparecido doña Catalina... Me ha mirado y ha venido hacia mí.

—¡*Ejpera*, niño! —dice.

—¡*Ejpera!* —vuelve a decir, y ¡¡¡se me acerca!!!

—¡N-n-no, e-e-en r-r-rana n-n-no! —chillo como loco, mientras salgo zumbando hacia los árboles, más rápido que un rayo.

Nunca he corrido tan deprisa, hasta que tropiezo con una piedra y, «¡catapum!», me caigo de morros al suelo. ¡Socorro! ¡Seguro que ahora la bruja me atrapa!

Una mano toca mi espalda.

—¡¡NOOO!!

—¿Qué pasa, Max?

Ane. ¡Menos mal!

—¡E-e-era la b-b-bruja, A-a-ane!

—¿Qué dices, renacuajo?

Le cuento todo lo que ha pasado. Todo.

—¿M-m-me das l-l-la m-m-mano? —pregunto, temblando de miedo.

Ane me da la mano muerta de risa y, mientras volvemos a casa, me dice que tenga cuidado, porque todos los renacuajos se convierten en rana. ¡Pues no le veo la gracia!

Paso el resto del día callado, vigilando el parque desde la ventana, esperando que aparezca doña Catalina. Al anochecer, me acuesto muy preocupado. Muy preocupado... Y pienso en las brujas antes de dormirme y también después: doña Catalina se me aparece en sueños, llega por detrás, me coge por el cuello, y... ¡Uf!, menos mal que la abuela me despierta a tiempo. Hora de ir a clase.

Como hoy no es fiesta, tardo un montón en vestirme y un montón más en desayunar, así que mamá se enfada y la abuelita también. Al final, Ane se va sola sin esperarme, porque dice que soy un tardón. Yo salgo después y de camino al cole me doy cuenta... ¡Rayos, los deberes! Si en casa se enteran de que no los he hecho, se va a liar. Bueno, pues los hago ahora mismo... Así que abro la mochila y saco la hoja de ejercicios.

Porcentajes: inventar un ejemplo.

Chupado. Se me ocurre enseguida:

Si hay 100 señoras y 10 de ellas te regalan caramelos, sabrás que el 10% de las señoras son brujas.

Ya está. Entro en clase y se lo doy al profe. Después me siento y pasamos la mañana haciendo más ejercicios de lo mismo, con lo que el tiempo se va volando.

Me quedo muy tranquilo hasta volver a casa, pero al llegar, vaya sorpresa, nada más entrar veo a la abuela... ¡¡CON LA BRUJA!!

—Ven aquí, cariño. Saluda a doña Catalina.

Y allá voy temblando de miedo.

—H-h-hola.

Doña Catalina sonríe y, de repente, me ofrece un caramelo... Enseguida me entra la sospecha: ¡el caramelo está embrujado!... Y si lo como, me convertiré en rana, seguro.

Lo cojo, no hay más remedio, pero nada más llegar a mi habitación, lo tiro por la ventana. Después, paso la tarde mordiéndome las uñas. ¡Ay, Ane! Se lo contaría a gusto; pero el caso es que no está, se ha ido al cine.

¡Hermanas! ¡Nunca están cuando se las necesita!

Al anochecer, veo a la abuelita y a doña Catalina despidiéndose en la puerta. La abuelita le da dos besos, ¡qué asco! Y —mira por dónde— la bruja le entrega una cajita blanca a la abuela.

Me quedo pensativo. ¿Y si dentro de esa cajita hay más caramelos embrujados?, ¿y si la abuela se los come y se convierte en rana? ¡Pobre abuelita!

Tendré que robar esa caja esta misma noche. Claro que sí.

Después de decidirlo, paso todo el tiempo pensando cómo hacerlo y me quedo tramando un plan, hasta que oigo el rugido de un motor en la calle.

Papá.

Ya lo había dicho antes, ¿verdad? Papá es marino, capitán. Eso quiere decir que es el que manda en el barco: ¡o le obedeces o te tira al agua! Eso me estaba contando un día, cuando llegó mamá y le interrumpió.

—Déjalo en paz, cariño. Ya sabes que es un niño muy impresionable.

¡Porras! Siempre dicen lo mismo: todos creen que no se me puede contar nada... Al fin y al cabo, no soy tonto y sé muy bien que papá no tira a la gente al agua, claro que lo sé... Pero si a él le gusta contarlo así, a mí plin y ya está. Todos contentos.

Da lo mismo. Aunque lo he repetido un montón de veces, no hacen caso: que soy impresionable y que no hay nada más que decir. Por eso no me cuentan las cosas... Bueno, por eso y porque soy TARTAMUDO...

Lo de ser tartamudo me viene de hace mucho, muchísimo tiempo. Al principio, yo hablaba como los otros niños. La propia mamá me lo ha contado: que luego los demás mejoraron y yo no, porque a mí las palabras se me atascan. ¡Qué mala suerte!

La cosa es que a la hora de pensar, todo lo pienso bien y muy seguido. El problema llega a la hora de hablar. Mi cabeza, por ejemplo, dice «rápido», y en cambio, mi lengua tarda un montón en encontrar la primera r, y mucho más en encontrar las siguientes letras. Por eso, en lugar de decir «rápido», lo que me sale es un «r-r-rápido» muy raro.

Eso no me gusta nada. Y a los demás tampoco.

Una vez mamá me llevo al médico y, después de examinarme de arriba a abajo, medirme y hacerme un montón de pruebas, el médico dijo que no nos preocupásemos, que era *cosa de la edad*. Más tarde dijo a mamá que yo era *muy impresionable*. O, por lo menos, eso es lo que contó mamá a la abuela, mientras yo escuchaba escondido: que había que tener cuidado conmigo, cuidado con los amigos, con lo que veía en la tele, los juguetes y los libros. Desde entonces, todos han tenido mucho cuidado. Todos menos Ane.

Ane cree que lo del tartamudeo es como el hipo, que se arregla con los sustos... Y para demostrar su teoría, se inventa historias de terror y me da unos sustos tremendos. Es muy divertido y, aunque todavía no me ha curado, lo paso bomba. Ane, también.

Papá lo sabe y, por eso, cada vez que vuelve de su barco, nos pregunta. Eso es lo que ha hecho hoy.

—¿Cómo van vuestras historias, campeón?
—B-b-bien —le digo.

Luego me quedo callado: no quiero contarle nada acerca de la bruja. Papá me da una palmadita en la cabeza, me mira fijamente y saca un regalo. Y vaya regalo. ¡Un barco enorme! Papá es guay. Guay, de verdad.

Me quedo jugando con el barco mucho rato y, antes de darme cuenta, llega la hora de cenar. Estoy hambriento. ¡Esto sí que es raro! Si ceno mucho, van a sospechar que me pasa algo; y si sospechan, igual empiezan con preguntas y descubren mi plan para llevarme la cajita. Pues tendré que comer como siempre: ¡mal!

Me acuesto después de preparar el plan a conciencia. Pongo el despertador y me duermo enseguida. «Z-z-z-z-z-z...» «¡¡¡Riiinggg!!!»

Al oír la alarma, me tiro de la cama de un salto. ¡Ya es la hora! A oscuras y a rastras por el pasillo, voy hasta la habitación de la abuelita. Es fácil acertar con la puerta: sus ronquidos se oyen perfectamente desde fuera.

Entro en silencio y me acerco a la mesilla. La caja de la bruja está encima, la veo perfectamente. ¿Era blanca y pequeña, verdad? La cojo con cuidado… En un pispás vuelvo al pasillo. ¡Buf!

Al llegar a mi habitación, caigo en la cuenta: ¡no sé qué hacer con la caja! ¿Qué puedo hacer? ¿Esconderla? No, la encontrará alguien y entonces será peor... ¡Se comerá los caramelos y se convertirá en rana!

Tendré que enterrarla en el parque. Me da un poco de miedo, pero no se me ocurre otra cosa.

Vuelvo a conectar el despertador. ¡Vaya con el despertador! ¿Cómo se las arreglarían los antiguos héroes sin él? Vete tú a saber.

A las seis en punto, «¡catapum!», me caigo de cabeza de la cama. El reloj. ¡Qué susto! ¡Casi se me para el corazón! Me levanto rápidamente, me visto como puedo, porque está todo a oscuras, y salgo de casa. ¡Porras! Al cerrarse la puerta de la calle, me doy cuenta: he olvidado las llaves dentro. ¡Oh, no!...

¡Jopé! Al principio eso me deja un poco preocupado, pero enseguida se me pasa, porque miro a todos lados y empiezo a asustarme: en la calle no hay nadie, ni un alma. ¡Y qué oscuro está!... Cuanto más lo pienso es peor, así que decido que voy a entrar corriendo en el parque, enterrar la caja en cualquier parte y salir muy deprisa. ¡Brrr!... Miro hacia arriba y veo que el cielo está muy negro... ¡Brrr! Y el parque también... ¡Vaya miedo da! Paso entre unos árboles, luego me paro y decido ponerme manos a la obra.

—¡Buf, buf!

¡Ay, mamá! Es más fácil decirlo que hacerlo: este suelo está muy duro, más duro que las piedras... Al final lo dejo, porque hacer un hoyo es muy difícil y estoy deseando marcharme. Levanto un montón de hojas y escondo la caja debajo.

Ya está.

Aquí nadie va a encontrarla ni en mil años... ¡Seguro que no!

«¡Muy bien! —pienso muy nervioso, mirando a mi alrededor—. Ahora, a casa... Sí, a casa, pero... ¡¿por dónde se vuelve a casa?!»

¡Oh, oh! Empiezo a ir de un lado para otro, completamente perdido. Noto que alguien me agarra la chaqueta y ¡¡¡menudo susto!!! A poco me da algo. Después veo que sólo es que se ha enganchado en una rama, y es peor todavía. Mucho peor, porque me entra la risa y mis carcajadas resuenan muy muy fuertes en medio del parque. «¡Ja, ja, jaaaa!» Está todo tan oscuro... ¡QUÉ MIEDO!

«Max, cobarde —me digo muy nervioso—, sólo te falta llamar a gritos a tu mamá...»

Así que la llamo:

—¡¡M-M-MAMÁAAA!!

Y, de repente, aparece la bruja Catalina.

—¡¡¡AAAAH!!!... —chillo y chillo como un loco, pero al final, ¡ay!, me da un cachete y me callo.

—¡*Bajta* ya! ¿*Acajo* te *haj* perdido?

—Sí, señora —le digo de un tirón, sin tartamudear ni un poco.

Me lleva de la mano hasta llegar a casa. Doña Catalina va todo el camino resoplando «aj, oj, aj...», mientras me explica que iba camino del trabajo y que menuda sorpresa se ha llevado al verme. Yo tampoco salgo de mi asombro: ¡YA NO TARTAMUDEO!

También me entra un poco de vergüenza: empiezo a creer que doña Catalina no es más que una señora que pronuncia mal la s. Pobrecita.

¡Rayos! Lo peor ha venido al llegar a casa: he tenido que dar muchas explicaciones. Muchísimas. Mis papás se han quedado de piedra al abrir la puerta y encontrarse conmigo. ¡Cómo se han enfadado! ¡¡¡Un montón!!! Al ver la cara de mamá, me ha vuelto el tartamudeo. ¡Qué le vamos a hacer!

No os voy a contar lo que me han dicho. ¡Vaya bronca! Después de hacer mil preguntas, me han mandado a la cama y he ido muy a gusto, no creáis, porque estaba muy cansado. Mientras oía a lo lejos las voces de mis padres y de doña Catalina, me he quedado dormido.

No hemos vuelto a ver a la bruja. ¡¡¡Ni tampoco los dientes postizos de la abuelita!!! Parece que solía dejarlos encima de la mesilla al acostarse... ¡DENTRO DE UNA CAJITA BLANCA! La abuelita dice que no se lo explica, que ahora sólo está la otra cajita, la que le dio la modista con los botones que había encargado. Pero que al acostarse está segura de haber visto las dos cajas, una al lado de la otra.

¡Jopé! No se lo he contado a nadie, pero los dientes debían de estar dentro de la que cogí yo, porque aunque han puesto la casa patas arriba no los han encontrado. Ni la cajita tampoco, claro.

Mamá ha dicho a la abuelita que no se preocupe, que ya le comprará otros dientes nuevos... A mí, en cambio, me ha dicho que la llevo clara, ¡clara!, que no entiende por qué he tenido que salir de casa ¡y de noche! Y que voy a estar ¡CASTIGADO DURANTE DOS MESES!

¡No hay derecho!

# 2

## El castigo

Ya sabía yo que iba a meterme en líos: mamá todavía no ha olvidado la noche de la bruja —se enfadó mucho conmigo— y he decidido andar con pies de plomo y portarme muy requetebién. Por eso me preocupa tanto lo que ha pasado hoy en el cole; si en casa se enteran, se va a armar gorda...

El caso es que el profe nuevo ha dicho que para mañana tenemos que escribir un castigo de diez líneas, porque nos estamos portando muy mal y, si seguimos así, nos va a dejar sin recreo. ¡Uf!

De todas formas, no me extraña. Lo estamos pasando bomba desde que el profe de siempre se ha puesto enfermo y no viene. El nuevo llegó el lunes a clase muy contento. Sonriente y contento. Eso, el lunes. Hoy es miércoles y creo que ya no tiene ganas de reír.

—¡Callaos!

—...

—¡¡¡QUE OS CALLÉIS!!!

Al final se ha enfadado, claro. Y ha dicho que para mañana tenemos que hacer un castigo de diez líneas sobre «Las obligaciones del alumno»; y que si no, no hay recreo. ¡Qué rollo!

No se lo he contado a nadie al llegar a casa —no quiero tener jaleos—, y he ido directamente a donde Ane; al fin y al cabo, Ane es muy lista. Listísima, todos lo dicen y, algunas veces, hacemos juntos los deberes.

En cuanto la he visto, le he preguntado si me puede ayudar.

—Lo siento, Max... He quedado con los de clase.

¡Caramba! ¡Qué mala suerte! Eso me deja hecho polvo, de verdad; pero Ane se ríe y dice que no me preocupe, que diez líneas son poca cosa y si las hago con letra grande y muy separada, acabaré en un pispás.

Después de decir eso, sale pitando por la puerta. ¡Hermanas! ¡Nunca están cuando se las necesita!

Voy a mi habitación arrastrando los pies y pensando en el castigo. ¿Obligaciones del alumno? ¡No tengo ni idea! Como no se me ocurre nada, me asomo a la ventana y empiezo a mirar a la calle.

¡Ay, Ane! Se ha ido a jugar. ¡Vaya chollo! De todas formas, está anocheciendo y el cielo está muy negro. Parece que va a llover. ¡Seguro que Ane se moja!

¿Eh? De repente miro al cielo y me quedo de piedra: esa nube de ahí se parece mucho a un helado... Es igualita. Qué bien, ¡un helado! A gusto me comería uno ahora, pero mamá no me deja. Sólo me deja en verano.

¡Jo, el verano! ¡Qué lejos está! En verano nos quedamos en el parque hasta tarde y lo pasamos en grande peleando en la hierba y jugando al escondite. Una vez me caí de cabeza en la fuente. Fue muy divertido.

Ahora pasan unos niños por la calle. ¡Qué suerte! Y mientras, yo aquí castigado y sin poder salir de casa.

¡¡¡EL CASTIGO!!! ¡Todavía no he escrito ni una línea!

—Max, ¡ven a merendar!

¡La merienda! ¡Vaya rollo, no tengo hambre!

—¡J-j-jopé, a-a-abuela, n-n-no!

Empiezo a protestar, claro, y le digo que estoy muy ocupado. Eso y también que tengo que hacer los deberes y no tengo tiempo para merendar.

Es inútil.

—¡He dicho que a merendar!

Voy refunfuñando a la cocina. La abuela dice que como muy mal y que todas mis protestas no son más que excusas. Veo el bocadillo en un plato: de chorizo, enorme, esperándome. ¡Buf! Al pasar por delante de la sala, también veo a las vecinas: Irati y su mamá.

—¡Ven aquí, cariño!

Y allá voy con el bocata en la mano. Mamá me ha dicho más de cien veces que no coma en la sala, que soy más sucio que las gallinas, un cochino. Si hay suerte, igual me dice que deje el bocadillo... y tal vez luego se me olvide cogerlo.

—Max, tesoro, ¿aún con la merienda? —pregunta mamá.

—S-s-sí...

Entonces, «¡ñaum!», doy un mordisco al pan y unas cuantas migas caen al suelo, encima de la alfombra. También un poco de chorizo.

—¡Max! ¡Ten cuidado!

Irati se pone a reír como loca. La tienen a dieta porque es bastante gorda y muy boba, boba de verdad. Tiene siete años y piensa que todos los tartamudos somos idiotas. Un día dijo que yo era tonto, ¡tonto de remate! Ahora aprovecho y le saco la lengua a escondidas, cuando mi mamá y la suya están distraídas. ¡Vaya! Al hacerlo se me ha caído al suelo todo el pan que tenía en la boca.

—¡Max! ¡Vete a merendar a la cocina!

¡Porras! ¡No hay derecho!

Vuelvo a la cocina protestando y sigo protestando hasta que llega la abuela. La llevo clara: la abuelita va empezar a mirarme y, si

no como el bocata, me va a reñir. ¡Rayos! Dicho y hecho: me ha estado riñendo hasta que Irati ha aparecido en la puerta.

¡Menos mal! Así la abuela se distraerá un poco.

Irati ha pedido agua. Es bastante boba, ya lo he dicho antes, ¿verdad? Mientras ella bebe, tocan al timbre de la entrada y la abuela va a abrir.

—¿A que no sabes una cosa? —me dice, en cuanto nos quedamos solos.

Está claro, es boba perdida. Si piensa que le voy a preguntar qué cosa es, ya puede esperar sentada. No quiero saberlo. De todas formas, me quedo mirando a ver si me lo dice. Esperando. Para hacer tiempo, doy otro mordisco al bocadillo, «¡ñaum!», y caen un montón de migas al suelo. Irati sigue con el vaso en la mano.

No dice ni pío.

—¿Q-q-qué c-c-cosa?

¡Jopé! A veces hablo demasiado. Irati se echa a reír y deja el vaso en la mesa.

—¿No tienes hambre? —me pregunta, y mira hacia el bocata.

—N-n-no...

—Si me lo das, te cuento un secreto.

¡Caramba! Antes de responder sí o no, Irati me lo quita de la mano. ¡Menudo chollo!, y «ris-ras», se lo come en dos bocados.

—Mi mamá tiene un niño en la tripita y pronto tendré un hermanito.

—¡Ah!

¡Hala! ¡UN HERMANITO! Me quedo pensando un buen rato. Un hermanito. Bueno, ¿y a mí qué? No me da ninguna envidia. No necesito otro hermano. ¡Claro que no!

Hermanos. ¡Bah! Al nacer, son enanos y chillones, y hasta que pasan un montón de años no sirven para nada. Al menos, eso dicen los de clase que tienen hermanos pequeños.

De todos modos, veo a Irati tan contenta que me muero de envidia. No sé por qué.

—¡Ah!... —repito.

Pero Irati no hace caso. Sigue hablando y dice que los hermanos y las hermanas pequeños son muy prácticos. ¡Pero que muy prácticos! Que ella va a cuidar muy bien al suyo y van a jugar juntos; y cuando el peque se haga mayor, hará lo que le ordene Irati. Lo que le ordene Irati y nada más: que le va a hacer los deberes... y también todos los recados que le manden a ella sus padres.

¡Rayos! ¿Será verdad? ¡Los de clase no me han hablado de eso!

—Max, ¡pero qué tonto eres! —chilla Irati—. Es un secreto. Si todos lo supiesen, el mundo se llenaría de críos.

Y que para eso están los hermanos pequeños, para cumplir las órdenes de los mayores. Y que está claro que no me entero de nada y soy ¡tonto de remate!

Levanto la mano para darle un tortazo y aparece la abuela. ¡Uy! Me ha pillado bien pillado; así que me manda a mi habitación, porque así no se trata a las visitas y estoy castigado.

¡No hay derecho, de verdad!

Voy a mi habitación echando humo y, al cerrar la puerta, «¡pum!», se me escapa y da un portazo. Bueno, así sabrán que estoy enfadado. Sí, el portazo queda muy bien, aunque los papeles de la mesa echan a volar y luego caen todos al suelo. ¡Jopé! Empiezo a recogerlos uno a uno y, de repente, veo la hoja del castigo. ¡Oh, no!

Me pongo a pensar que es un rollo estar castigado y con todo lleno de papeles. ¡Mira a Irati! ¡Va a tener un hermano pequeño! ¡Eso sí que es tener suerte! Y yo, nada de nada... Empiezo a darle vueltas y se me ocurre que si tuviese un hermano pequeño le diría que me hiciera el castigo, y él lo haría, claro; si no, «plis-plas». Y si empezara a protestar, le diría que los peques deben obedecer las órdenes de los mayores, que lo sabe todo el mundo y que, por favor, no sea idiota.

Bueno. Al final cojo el bolígrafo y me pongo manos a la obra. ¡Qué le vamos a hacer! Diez líneas. ¡Uf!

**TÍTULO: Castigo.**

Ya está la primera línea. Ya sólo quedan nueve.

**Autor: Max...** ocho;

**Elordui...** siete;

**Gallo...** seis.

Al llegar aquí, empiezo a ponerme contento: es muy fácil... Si veo que me falta alguna línea, escribiré más apellidos. Me sé los ocho primeros de memoria.

**Alumno número 12...** ya sólo quedan cinco líneas;
**de la 3ª clase...** cuatro;
**del 3er piso...** tres;
**de 4º de Educación primaria...** dos.

Me quedo pensando: ¿escribo el teléfono de casa?, ¿la dirección?

Decido que no, que no hay sitio para más.

¡Bueno, ya está! ¡Ahora, las obligaciones del alumno!

**A los alumnos nos mandan a clase todos los días. Y en clase debes estar en silencio y si estás en silencio, el profe nuevo está contento.**

¡Genial! Y encima he escrito más de lo que ha mandado. ¡A ver si cuela!

Dejo el boli y veo que tengo hambre. Esto sí que es raro, debe de ser culpa de Irati, de esa boba. Que va a tener un hermano pequeño; ¿y a mí qué? Mañana preguntaré a los de clase. ¡Mira que no contarme nada! ¡Qué cara más dura! Pero me van a oír: que es un secreto... pues ahora yo también lo sé. Un hermano pequeño...

¡Quiero UNO!

A la hora de cenar todos han estado muy enfadados conmigo y todos me han reñido: mamá por ensuciar la alfombra de la sala; la abuela por no tener educación con las visitas; y papá por haber hecho enfadar a mamá y a la abuela.

¡Puf!

—¿Has terminado el castigo, Max? —me pregunta Ane, de repente.

—¡¡¡...!!!

¡Hala! No sé cómo son los más pequeños, pero los hermanos mayores son un rollo. Y Ane la más rollo de todos, ¡una metepatas! Por su culpa, la llevo clara. Ahora se va a liar gorda...

Y se ha liado. Han querido saberlo todo: qué castigo, quién me ha castigado, cómo y por qué... Absolutamente todo.

Después, papá me ha dicho que lo traiga. ¡Menuda me espera! Voy a la habitación, lo cojo y lo llevo a la mesa.

¡Ay!, sospecho que no les va a gustar...

Ane se ha echado a reír en cuanto lo ha leído, pero papá, no. Papá es marino, capitán de barco, y a veces se va al mar y no está en casa. Pues papá se ha puesto colorado y me ha mirado fijamente... Después me ha preguntado a ver qué opino del profe nuevo... Eso y a ver si pienso que el profesor es tonto.

—¡¡¡...!!!

Ya lo sabía yo. No le ha gustado.

Me ha dicho que las primeras ocho líneas no cuentan. ¡No cuentan! Que no tenga tanta cara y que lo repita.

¡No hay derecho!

He acabado el castigo después de cenar, con ayuda de Ane. Ane es muy lista, así que ella ha ido diciendo y yo lo he escrito todo: estar atento en clase, escuchar al profesor, ser responsable... Y así, dale que dale, hasta el final.

Luego se lo he llevado a papá y mamá, a ver si se les pasaba el enfado. Cuando estaban diciendo que muy bien y que así es como hay que hacer las cosas, «¡riiing!», ha sonado el teléfono: una llamada para mamá. ¡Jopé! Así no hay manera de que me hagan caso.

—¡¡¡MAAAAAX!!!

¡Vaya bronca! Mamá me ha dicho que era la madre de Irati, muy enfadada, porque Irati ha confesado a la hora de la cena que la he obligado a comer mi bocadillo, y que ha sido porque ella me ha explicado que va a tener un hermanito, y yo le he dicho que los peques deben cumplir las órdenes de los mayores... Y que debe de ser verdad, porque la abuelita me ha pillado a punto de darle a Irati un bofetón... Y que a ver qué clase de salvaje soy... Y que si la pobre Irati engorda, va a ser culpa mía... Y que...

Castigado una semana.

Sin comentarios.

Me han mandado a la cama, claro. Y encima, mientras iba, Ane no paraba de reír. Es que se partía. Me ha dicho que eso de que los peques cumplan las órdenes de los hermanos mayores es una idea guay, genial. Que de ahora en adelante ella lo va a hacer conmigo y que me prepare. Que la llevo clara.

Cuando vea a Irati, me va a oír. Me va a oír.

De todos modos, no me ha costado nada dormirme. La noche se ha pasado volando y me he levantado contento, porque al menos el castigo me ha quedado requetebién. Así que he ido al cole muy animado: seré el mejor de clase y a papá y mamá se les pasará el enfado. ¡Claro que sí!

He entrado en clase pensando en la buena nota que me va a poner el profe nuevo...

¡AHí VA!... ¡SI YA NO ESTÁ!

El profe de siempre me ha mirado sonriendo y luego ha dicho ¡que no, que no y que no! Que espera que de ahora en adelante nos portemos bien y que no me preocupe. Que no va a recoger los castigos.

¡¡¡No hay derecho!!!

# 3

## UN JARABE DE COLOR ROSA

Hoy estoy enfermo y no voy a ir a clase. Eso es lo que ha dicho mamá esta mañana al tocarme la frente, que tengo fiebre y hay que llamar al médico. ¡Vaya! Me ha mandado otra vez a la cama y desde allí la he oído hablando por teléfono: «Max... enfermo... hoy no va a clase...» Después ha venido Ane y me ha dicho adiós a gritos... Adiós, que me cuide y que *buena suerte* con el médico.

¡Rayos, Ane! Me ha dejado hecho polvo. El médico... ¡Es verdad! La última vez que vino, me recetó un jarabe de color rosa que sabía asqueroso y mi madre no me dejó salir a la calle hasta que lo tomé entero.

¡Ay! Me quedo solo en la habitación, muy quieto, tumbado boca arriba, mirando el techo; estoy un poco dormido y me duele la garganta. Cuando mamá entra me tapa hasta las orejas y dice que esté tranquilo. ¡Bueno! Eso es exactamente lo que voy a hacer, así se pasará la fiebre y el médico no tendrá que recetarme nada. Además, tengo que ser obediente. Sobre todo ahora que parece que a mamá se le ha olvidado lo de Irati. De ahora en adelante, voy a portarme muy bien. ¡Requetebién! Por eso, ahora me quedo tumbado en la cama, pensando que no tengo ganas de jugar e imaginando a mis amigos en clase. ¡Caramba! Pienso en ellos y me acuerdo de que hoy va a haber examen de matemáticas, eso nos dijo ayer el profe. ¡Qué rollo con los exámenes! Menos mal que estoy enfermo, porque no tengo ni idea.

¡Uf! Me entran sudores sólo con pensarlo. ¡Qué calor! ¿Y si quito las mantas? Me encantaría quitarlas, pero seguro que la abuelita

me riñe. Siempre dice que soy un pesado y no sé estar quieto... Eso y también que cualquier día me va a dar el desayuno a la hora de la cena, a ver si así termino a tiempo. Bueno, lo del desayuno no tiene nada que ver con las mantas, pero lo dice muchas veces. Muchísimas.

—¿Qué tal, cariño, estás mejor?

¡Hala! ¡Es magia! Nada más pensar en la abuela, va y aparece. Se pone a mi lado y dice, muy bajito, que quiere ordenar la habitación antes de que llegue el médico. Empieza a ir de un lado a otro, muy atareada, recogiendo y metiendo en el armario la ropa y los juguetes... ¡Jopé! Toda la ropa y todos los juguetes, un montón de cosas... Antes de irse, dice que me duerma, que así se me quitará la fiebre... Bueno, pues eso es lo que voy a hacer. Me quedaré dormido tranquilamente y, mientras tanto, irá pasando la mañana y los de clase harán el examen. Ellos sí y yo no. ¡Yupiii! Mañana volveré al cole y los de clase me chivarán las preguntas, yo las haré todas muy bien y el profe me pondrá un sobresaliente. ¡Menudo chollo!

Paso un rato muy a gusto pensando en eso. ¡Qué divertido es estar enfermo!, ¿verdad? Sí, lo paso muy a gusto, hasta que, de repente, me doy cuenta de que aquí no se oye nada.

¡Qué silencio! Es como si todos se hubieran marchado. ¡Ay! ¿Y si se han ido y me han dejado aquí olvidado?, ¿y si estoy solo en casa? Vendrá el médico y le diré que era broma, que no hay nadie enfermo. Le diré eso y que se vaya, porque los que vivimos en esta casa somos incapaces de tomar jarabes de color rosa. ¡No queremos!

—¿Qué tal, cariño?

—B-b-bien...

Mamá. ¡Qué susto! Se ha acercado tan despacio que no la he oído. Trae el termómetro en la mano y, después de darme un beso, me lo pone bajo el brazo y dice que no me preocupe, que el médico llegará pronto. ¡Ay, no!

—M-m-mamá...

—¿Qué pasa, cariño?

Le digo que el jarabe no me gusta nada, ¡nada de nada!, y que no quiero tomarlo...

También le digo que mañana seré el mejor de la clase, ¡el mejor!, y que el profesor me pondrá un sobresaliente por hacer muy bien el examen de matemáticas... Lo malo es que no sé si me oye, porque sólo me acaricia el pelo y después dice que esté tranquilo y tenga cuidado con el termómetro.

Cuando se va me quedo pensativo. Muy pensativo. A lo mejor he perdido la voz y por eso no me ha oído. A algunos enfermos les pasa... Pierden la voz y nadie les puede oír. Bueno, pues si me pasa a mí, aprenderé a hablar por señas y todos me mirarán con mucho cuidado para poder entenderme. ¡Genial! Porque ahora me cuesta mucho esfuerzo hablar bien. Ane dice que ser tartamudo debe de ser muy cansado. ¡Pues de ahora en adelante ya no me cansaré! Como me he quedado mudo, hablaré por señas y nadie se dará cuenta de mi tartamudeo. ¡Perfecto!

Empiezo a dar vueltas a la idea y decido que lo mejor es ponerla en práctica. Así que saco la mano de entre las mantas y muevo un poco los dedos para aprender a hacer señas. Empezaré con los números.

Uno... Ése es muy fácil. Basta con sacar un dedo y ya te entienden. Dos... Saco dos dedos y ya está... Tres...

¡Rayos, ya vale! Me estoy aburriendo. Hay muchos números, demasiados; si sigo así, voy a tirarme todo el día... Lo mejor será elegir unas cuantas cosas y ver qué pasa. Además, mamá siempre nos dice que tenemos que elegir, que no se puede tener todo: o el balón o la bicicleta. Por lo menos, eso dijo el día que le conté lo que quiero para mi cumpleaños. Dijo que de eso nada. Que lo pensara bien y eligiese un regalo. Un regalo y no todos. Que saber elegir es importante.

El cumpleaños. ¡Tengo unas ganas! Voy a decirle a mamá que quiero hacerlo como Unai: una fiesta en casa con todos los de clase, patatas fritas y muchos helados. La fiesta de Unai fue muy divertida. Lo pasamos bomba, aunque había poco sitio. Al final, tuvimos que salir al pasillo a jugar al fútbol. ¡Jo, la que armamos chillando y tirando goles! Fue genial, aunque a los mayores no les gustó nada. Se enfadaron todos un montón: los vecinos de abajo, la madre de Unai, el profe. ¡Jopé, el profe! No sé quién se lo contó, pero nos echó la bronca. Dijo que no teníamos remedio.

Bueno...

¡Qué sueño!

—Max, cariño...

—¿Eh?

—¡Mira quién viene a visitarte, Max!

¿A visitarme? ¿Quién? Ramontxu y su madre, una amiga de mis papás. Los veo en la puerta al abrir los ojos.

Mamá se acerca y me quita el termómetro; después, lo mira, dice que no tengo fiebre y lo deja sobre la mesita. Añade que el médico está a punto de llegar y que me quede quieto en la cama. Luego sale al pasillo con la mamá de Ramontxu y él y yo nos quedamos solos.

Ramontxu es un niño pequeño, flacucho y que nunca está quieto. Su madre dice que es un revoltoso y un tozudo. Tiene cuatro años y le cuesta mucho hablar. A veces no se le entiende nada.

Me gusta.

—¿Max, malito? —pregunta, mientras se mueve de aquí para allá por la habitación.

Le digo que sí, que estoy malito de la garganta, muy malito; y que por eso seguramente me quedaré mudo y tendré que hablar por señas.

—¡¡¡...!!!

Me mira, pero no dice ni pío... Creo que se ha quedado de piedra. ¡Qué bien! Así que me animo y le cuento más cosas: la fiesta que daré en mi cumpleaños, con patatas fritas y fútbol... El sobresaliente que me van a poner en el examen de mate... Pero, ¡jopé!, Ramontxu se acerca a la mesita y coge el termómetro sin hacerme ningún caso.

—¡Ramontxu cura Max! —dice, de repente.

Me quedo un poco cortado... Bueno, mamá siempre dice que hay que tener paciencia con los pequeños. Así que le digo que vale, que vamos a jugar y él me va a curar.

¡Porras! En cuanto oye eso, me mete el termómetro en la boca. Después se da la vuelta y empieza a revolver la habitación de arriba a abajo: abre los cajones, el armario y tira al suelo los juguetes. Lo ha dejado todo hecho un asco. ¡Jo, con Ramón!... Si la abuela ve la habitación así, se me va a caer el pelo.

—G-g-gamón... —le digo con el termómetro en la boca.

—Ramontxu cura Max...

Y que me quede callado, que si no me pega.

—G-g-gamón...

Pero antes de añadir una palabra más, «¡plas!», ¡¡¡menudo tortazo me ha dado!!! ¡RAMONTXU!...

—¡Max calla! ¡Max calla!

Me callo, claro. No hay más remedio. Después me quita el termómetro, lo mira y lee la temperatura.

—Las dos y media.

¡Vaya! ¡A este crío le falta un tornillo! Llamo a mamá a todo correr, para decirle que tengo dolor de cabeza. Se lleva a Ramontxu a la sala.

¡Qué paz!

¡Uf! Me quedo tumbado boca arriba, contento y tranquilo... Sí, me quedo muy a gusto hasta que recuerdo que el médico estará al caer. ¡Brrr! ¡Qué miedo!

¿Y si tengo una enfermedad grave? ¿Y si el médico dice que me estoy muriendo? ¡Uy! Si me muero, seguro que mamá y la abuelita se van a poner muy tristes. Y papá también. Ahora está muy lejos, en el barco... Además, Ane no va a parar de llorar. ¡Pobrecita! Le dejaré todos mis juguetes... y una carta. En la carta le diré que todos mis juguetes son para ella, absolutamente todos... Aunque sé que no le gustan nada: siempre dice que no pido más que bobadas. Después escribiré también a la abuelita y le diré que hasta que ha aparecido Ramontxu, todo estaba bien ordenado. Eso y que ha sido Ramontxu quien ha sacado las cosas del armario.

¡Bueno! Me quedo muy a gusto imaginando qué más pondré en la carta, cuando, de repente, escucho el timbre de la puerta. «¡Rrriingg! ¡Rrriingg!» Suena dos veces. Y luego oigo voces en el pasillo.

¡No quiero tomar el jarabe! ¡No!

—Di «a» —me dice el médico.

—Aaaaaaaaaaa... ¡Ay!...

¡¡JOPÉ, QUÉ DAÑO!!

—Tienes la garganta hinchada.

—¡¡¡...!!!

¡Bueno! Eso me deja tan pancho. ¡Hinchada! ¡Qué le vamos a hacer! Pero ¿eso no es grave, no? Le puede pasar a cualquiera: tropiezas, te caes, te das un coscorrón y, ¡hala!, se te hincha la frente y te sale un chichón. Le pasa a cualquiera. En el patio de la escuela ocurre todos los días.

—Que siga en la cama... El jarabe, cada cuatro horas.

¡Ay, noooo! El médico lo ha dicho muy claro: EL JARABE.

Empiezo a protestar y a gritar que los que se caen en el patio no tienen que tomar ningún jarabe, que el profe los lleva a la enfermería y ¡punto! Mamá y el médico se miran asombrados, y eso me anima, así que añado que si los del cole no lo toman, no sé por qué yo lo tengo que tomar.

Inútil. El médico se ríe y dice que el jarabe me hará bien. Luego sale con mamá de la habitación. ¡¡¡Qué mala suerte tengo!!!

Mamá no tarda nada en ir a la farmacia y traer el jarabe. Lo deja sobre la mesita, justo a mi lado. Es una botella alta, enorme, de color rosa, por supuesto. ¡Puaj!

—¿Qué tal, renacuajo?

—B-b-bien.

Es Ane, que ha vuelto de la escuela y viene a visitarme. Lo malo es que enseguida ve el jarabe y le entra la risa... ¡Hermanas! Me he enfadado mucho: ya no pienso dejarle los juguetes. Ni pensarlo.

—¡Recuerdos de parte del profe y de todos tus amigos!

¡Qué bien! ¡Se han acordado de mí! ¡Estupendo! Entonces, le pregunto a Ane con quiénes ha estado, cuándo y cómo.

—Con todos. He pasado por tu clase a primera hora para decirles que estás malo.

¡Yupi! A este paso me voy a hacer famoso en la escuela. Cuando vuelva les explicaré que he estado muy enfermo, con la garganta hinchada y a punto de morir... Eso y que, como me quedé mudo, tuve que aprender a hablar por señas. Que en casa han llorado mucho y se han puesto muy tristes, pero que como soy valiente ha venido el médico y me he curado.

¡Genial! Eso es lo que les voy a contar.

—Les he dicho que eres un miedica y un gallina. Pero que no se preocupen, que no tienes nada y vas a volver al cole muy pronto.

Empiezo a sudar en cuanto la oigo. ¡Jopé, Ane! No sé si me voy a curar, pero lo mejor será que vuelva a la escuela cuanto antes. Si a los de clase les da por repetir lo que ha contado Ane, lo voy a pasar fatal; empezarán a burlarse y no habrá quien les pare. ¡Ay, no!

Ane se va a hacer los deberes. ¡Bruja! Espero que le hayan puesto muchos. Bueno, estar malo tiene esa ventaja: no hay que hacer deberes. Así que me quedo en la cama, más aburrido que una ostra, dándole vueltas a lo que Ane ha contado en la escuela.

Yo, un gallina. ¡Pero cómo puede decir eso!

¡Vaya! Ya sé lo que va a pasar ahora, lo sé perfectamente. En clase van a empezar las bromas y en lugar de llamarme «Max Elordui Gallo» me llamarán «Elordui *Gallina*, Máximo». Y, claro, eso el primer día. El segundo día a algún gracioso se le ocurrirá llamarme «Gallina» a secas, y así, poco a poco, me quedaré con ese nombre para toda la vida: GALLINA. ¡Uf! Eso mismo le pasó al pirata Cabezón. Lo leí hace poco en un libro: que tenía una cabeza grandísima y algunos empezaron a llamarle *Cabezón*. Y Cabezón por aquí y Cabezón por allá, en poco tiempo nadie le llamaba de otro modo. El libro dice que hoy en día nadie recuerda su verdadero nombre. ¡Ni siquiera su madre!

¡Jopé! ¿Y si a mí me pasa lo mismo? ¿Y si mi madre se olvida de mi nombre? ¡Jo, mamá! Se acercará y me dirá que no sabe quién es ese Max del que le hablo. Eso y que yo soy *Gallina* y siempre lo seré, que me pusieron ese nombre por no haber tomado el jarabe. O el jarabe o *Gallina*. Una cosa o la otra. Que saber escoger es importante.

Me quedo muerto de miedo, dándole vueltas a la historia, y lo paso muy mal, hasta que aparece mamá con una cuchara en la mano. No digo ni pío y, cuando la llena de jarabe, abro 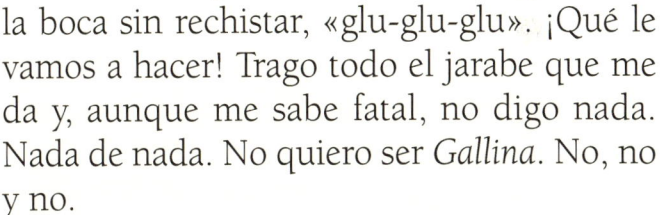 la boca sin rechistar, «glu-glu-glu». ¡Qué le vamos a hacer! Trago todo el jarabe que me da y, aunque me sabe fatal, no digo nada. Nada de nada. No quiero ser *Gallina*. No, no y no.

De todas maneras, el jarabe rosa me sienta muy bien y por la mañana me levanto mejor, mucho mejor. Ya estoy curado y no tengo fiebre, así que mamá y la abuela deciden que vuelva al cole.

Salgo enseguida hacia la escuela, pero Ane, no. Ane se queda en casa, porque mamá dice que la he contagiado y está mala. ¡JE! Antes de salir paso por su habitación para verla. Está en la cama, muy quieta, tumbada boca arriba, mirando al techo; dice que tiene calor y le duele un poco la garganta.

Yo le digo que se cuide... que se cuide y que tenga *buena suerte* con el médico. Por si acaso, le dejo el jarabe color rosa encima de la mesita, justo a su lado, muy cerca.

Después salgo a la calle muy contento. En cuanto llegue al cole pasaré por la clase de Ane para contarles lo mismo que contó ella en la mía ayer, lo mismito. Eso es lo primero que voy a hacer. ¡¡JE, JE, JE!!

LO PRIMERO.

# 4

## La excursión

Papá es marino, capitán. Ya lo había dicho antes, ¿no? El otro día volvió de un viaje y dijo que iba a quedarse en casa dos meses. ¡Guay! Con papá lo paso bomba, y ahora que ni a Ane ni a mí nos duele la garganta, ha prometido llevarnos de excursión en barco. Hoy se lo he recordado.

—¿C-c-cuándo i-i-iremos, p-p-papá?

—No sé, Max... Mejor pregúntaselo a tu madre.

¡Jopé con los padres! Cuando empiezan así no hay nada que hacer. Siempre pasa lo mismo: le pregunto algo a papá y me dice que se lo pregunte a mamá... Voy donde mamá y me dice que eso mejor lo decide papá. Es como para volverse loco.

Voy refunfuñando en busca de mamá y la veo en la sala, con una señora que ha venido de visita. Enseguida les he contado lo que pasa.

—¡Una excursión en barco! —dice, de repente, la señora—. Me acuerdo de la última que hice... ¡Menudo mareo me entró!

Y sigue contando la historia, una historia muy larga, mientras mamá la escucha atentamente. A mí, ni caso. ¡Puf, los mayores! ¡Vaya rollo! Me quedo allí, como un pasmarote, con cara de tonto y sin saber qué hacer. Bla, bla, bla...

Al final me aburro y, como veo que con mamá es imposible hablar, voy al cuarto de Ane, a ver si me ayuda con lo de la excursión. Llego, abro la puerta y la veo delante del espejo. ¡Oh, no! Cuando empieza a mirarse al espejo, no hay manera.

—Pasa, Max. Necesito un consejo.

—¡¡¡...!!!

¡Jo! Me deja de piedra, de verdad, y me siento en la cama a escucharla. Que yo sepa, es la primera vez que me pide consejo.

—Oye, Max... ¿Tú has oído lo de la nariz?
—N-n-no...

Y Ane me lo cuenta.

Uno de su clase dice que a las personas la nariz nos sigue creciendo durante toda la vida. Y las orejas también. ¡Durante toda la vida! Eso significa que todas las partes del cuerpo crecen hasta cierto punto, pero nada más. Hasta cierto punto y ya está. Y que eso ocurre con los brazos, los ojos, las piernas... Con todo menos con la nariz y las orejas. Ésas siguen creciendo hasta hacerse muy grandes. ¡Enormes!

—¡Ah!...

Me quedo callado un momento, pensando si lo que dice el de la clase de Ane es bueno o no. Y después de pensarlo me toco la nariz. Y también las orejas. ¡Vaya! Seguirán y seguirán creciendo hasta hacerse enormes.

Después le digo a Ane que lo de la nariz no me importa, porque la de papá es bastante grande... y la nuestra también, tanto la de

Ane como la mía. En eso somos igualitos a papá, todo el mundo lo dice. Pero que a mí no me importa, porque papá me ha explicado muchas veces que los marineros necesitan tener las orejas y la nariz muy grandes para poder saber de dónde sopla el viento. Y que me parece muy bien, sobre todo si hacemos la excursión en barco. Y a ver si me ayuda a organizarla... Y...

¡Jopé! De repente, Ane se pone más colorada que un tomate y grita que su nariz no es grande, ¡no es grande! Y como se me ocurra decir que sí lo es, no irá conmigo a ningún sitio. Ni a la excursión ni a ningún otro lugar... ¡A ningún sitio! Y que no está segura de si soy medio tonto o tonto del todo, y que mientras lo decide… ¡que me esfume!

¡Uf! Salgo como un rayo. Cuando se pone así, no hay quien la aguante. ¡Jo, Ane! A veces no la entiendo.

Vuelvo a la cocina muy enfadado. Nadie me hace caso, está claro. Bueno, pues si no me hacen caso, yo haré lo mismo con ellos. Me sentaré muy quieto en un rincón y no diré ni pío, ni aunque me pregunten.

—¿Qué pasa, cariño? —dice la abuela cuando entra en la cocina.

¡Vaya! Oigo la pregunta y no puedo resistir, así que se lo cuento todo, absolutamente todo... Que como me gusta mucho la nariz de papá, Ane se ha enfadado conmigo y dice que soy tonto. ¡Menuda injusticia! Y que, además, papá me ha mandado a hablar con mamá de la excursión que vamos a hacer en barco. Y yo he ido, pero la señora que estaba de visita ha empezado a contar lo de su mareo y ¡a mí, ni caso! Y que qué culpa tengo yo si las orejas y las narices crecen y crecen hasta hacerse enormes. Yo no tengo la culpa. Y que, encima, nadie me ayuda a organizar la excursión y ya estoy harto. ¡Porras!

La abuelita suspira y luego dice que no diga «porras», que está muy feo.

Después pregunta si tengo muchas ganas de hacer la excursión. ¡Menuda pregunta! Le digo que sí y que sí, porque, además, de mayor quiero ser marinero, eso es de verdad lo que quiero ser, ¡de verdad!, y quiero ser capitán de barco, como papá, y en el mar lo voy a pasar de rechupete.

—La semana pasada dijiste que de mayor querías ser detective, ¿no?, para resolver crímenes y misterios. Que eso era lo que *de verdad* te gustaba.

—¡¡¡...!!!

¡La semana pasada! ¡Pues no ha pasado tiempo! Así que le digo que la semana pasada papá no estaba en casa... Eso y que ¿cómo iba a saber yo entonces qué es lo que quería ser *de verdad,* si ni siquiera sabía lo de la excursión? Y, además, ¿quién dice que los detectives no pueden trabajar en barcos...? Y que, pensándolo bien, lo mejor es ser marinero y detective para resolver todos los crímenes que ocurran en el mar.

La abuela no para de reír, dice que para conseguir todo eso primero tengo que comer mucho y ya es hora de cenar. ¡Jopé! No tengo hambre.

Voy al comedor y me siento a la mesa, pero en cuanto llega papá aprovecho para volver a preguntar: un buen marinero no debe darse nunca por vencido, ni ante los rayos, ni ante los truenos.

—P-p-papá...

—¿Sí?

¡Hala! Antes de decir ni pío, mamá se me adelanta y no me deja abrir la boca. Explica que la señora que ha estado de visita hizo una excursión en barco y lo pasó fatal con el mareo. Luego dice que a nosotros nos ocurrirá lo mismo y que será mejor que no vayamos. ¡Jo, mamá!

Pero eso no es lo malo. Lo malo es lo de Ane. ¡Hermanas, vaya rollo! Cuando estoy a punto de decir que en nuestra familia todos somos muy valientes y que de marearnos, nada, Ane se me queda mirando, sonríe y dice que, ¡ay!, ella tiene muuuucho miedo y que no quiere ir de excursión. ¡Jo, Ane!

Lo doy todo por perdido, de verdad; pero justo entonces miro a papá y él a mí, y dice que si los demás no quieren venir, ¡iremos los dos solos!

¡Guay!

Empiezo a saltar muy contento: mañana les contaré a los de clase que de mayor pienso ser un marinero-detective. Que compraré un barco y resolveré todos los crímenes que sucedan en el mundo. Seguro que se quedan de piedra. ¡Seguro que sí!

Vuelvo a mi cuarto como un rayo, abro el armario, cojo una gorra y saco la lupa. Estoy deseando hacer la excursión. Me tumbo sobre la alfombra y me quedo pensando. ¡Ya está! La habitación es el barco y ha habido un crimen. ¡A jugar! ¡Yupiii! Con la gorra puesta y la lupa en la mano, empiezo a arrastrarme por el suelo: el asesino es moreno, está claro, porque los pelos que hay en la alfombra son todos negros. Además, parece que el chorizo no le gusta nada. Hay un trozo grande tirado en un rincón, debajo de la cama... Lo miro de cerca y pienso que igual el chorizo es una pista falsa que ha dejado el asesino con intención de despistarme, para dificultar la investigación.

Muy listo... Pues si cree que es fácil engañarme, está equivocado. ¡Pero que muy equivocado! Voy a tirar el chorizo por la ventana. Así nadie lo encontrará. No quiero pruebas falsas.

—¿Qué estás haciendo, cacho bobo?

¡Ay, Ane! ¡Menudo susto! Hasta se me ha caído el chorizo de la mano.

—N-n-nada...

Se acerca y, «zas», me quita la gorra y se la pone ella. Después dice que ha estado leyendo y que tengo que estar contento, pero contento de verdad, porque ha leído que en el mar muchas veces hay unas tormentas enormes, TERRIBLES. Hay lluvia y vientos muy fuertes, y unas olas gigantescas, GIGANTESCAS. Y que ¡menuda suerte la mía!, porque yo con esta nariz y estas orejas tan grandes no tengo que preocuparme, ¡ni mucho menos! Y que, además, seguro que lo paso genial y no me mareo. Seguro que no.

Me deja muerto de miedo y paso toda la tarde sin pensar en otra cosa. ¡Tormentas enormes! ¡Socorro! Eso me quita el hambre y a la hora de cenar no como nada, así que mamá se enfada y me manda enseguida a la cama, ¡buf!

Me acuesto y doy vueltas y más vueltas sin dormir. No me voy a marear, seguro que no, pero dice Ane que hay tormentas terribles y olas gigantescas, ¡GIGANTESCAS!

¡Jopé! ¿Y si me mareo? ¡Qué vergüenza! Al llegar a casa papá se lo contará a mamá, y luego mamá a la abuela, y después la abuelita me preguntará delante de Ane qué es lo que ha pasado...

Me he quedado dormido pensando en cuánto se va a reír Ane.

Por la mañana me levanto muy preocupado. Creo que lo de la excursión no ha sido buena idea... Y además, pensándolo mejor, ya no quiero ser detective en un barco. No y no.

—¡Buenos días, Max!

Es papá y ¡parece muy alegre! Le voy a decir que la excursión la podemos dejar para más adelante, para el año que viene...

—P-p-papá...

—¡Dime, grumete!

¡Jopé! Lo veo tan contento que no sé qué decir. Me quedo callado. Mudo.

Él me mira fijamente... Yo, también; y después abro la boca y le digo que no puedo ir de excursión, porque dentro de poco tenemos exámenes en el cole, un montón de exámenes... Y que, además, el profe dice que van a ser dificilísimos, y por eso tengo que estudiar mucho. Sí, voy a tener que estudiar mucho, sin salir de casa... Sobre todo teniendo en cuenta que la última vez saqué unas notas bastante malas... Seguro que papá se acuerda de cómo se puso mamá, toda enfadada...

¡Rayos! Papá se echa a reír y me dice que no me preocupe, que se ve que tengo buena voluntad y que la excursión en barco será un buen regalo.

Me quedo hecho polvo. Ya se ha liado: iré de excursión, me marearé y tendré que aguantar las bromas de Ane. ¡Buf!

Paso la mañana en el cole, muy callado, mirando al profe, que no para de hablar y hablar en todo el día. De todos modos, eso no me molesta demasiado: le miro con los ojos muy abiertos, sin oír nada, y me pongo a pensar en el mareo. ¿Por qué nos mareamos? Yo no me he mareado en la vida. ¿Es eso malo?

En el recreo se lo he preguntado a mis amigos.

—No sé —dice Imanol—. Una vez mamá me dijo que no me volvía a llevar nunca más

a las barracas, que aunque yo no me mareaba, ella sí, al ver los precios que tenían los cacharros.

—¡¡¡...!!!

¡Jopé! Después de oír eso, nos ponemos todos a discutir. Nora dice que lo de la madre de Imanol es sólo una manera de decir las cosas y que Imanol no ha entendido nada, porque el mareo es una enfermedad, y eso lo sabe todo el mundo. Luego nos cuenta muy orgullosa que cuando era pequeña se mareó una vez, la llevaron al médico y el médico dijo que su enfermedad era la miopía, por eso le pusieron gafas. Luego añade que hay que ser muy idiota para creer que alguien pueda confundir las enfermedades con los precios de las barracas, idiota perdido... ¡Jo, Imanol se enfada mucho al oír eso! Se pone hecho una fiera y dice que él no es idiota, Nora es una gafotas imbécil y todo lo que ha contado de la miopía seguro que es mentira.

Siguen gritando mientras subimos las escaleras para volver a clase y, al final, para demostrar lo del mareo, Nora se quita las gafas y dice que me las ponga.

¡Vaya! Con ellas puestas lo veo todo borroso. Absolutamente todo. Subo un escalón y luego otro, pero la cabeza empieza a darme vueltas y vueltas, y me pongo muy malo. Malísimo... Después tropiezo con el siguiente escalón y me caigo al suelo de morros.

¡Ayyy!

Al quitarme las gafas me siento mejor. Lo malo es que con el golpe se han roto. Están hechas una pena. Eso me deja un poco mal, pero Nora las coge y dice que no pasa nada, que las gafas están aseguradas y a ella también se le rompen muchas veces. Pero que no me preocupe, que los del seguro darán dinero a su mamá para comprar otras nuevas. ¡Caramba, Nora! ¡Qué lista es!

De camino a casa no hago más que pensar en el mareo. Pienso que las gafas son pequeñas y las olas grandes... Que hoy no sopla el viento y que hay tormentas en el mar... Y, además, que la nariz y las orejas no me han servido para nada en el cole...

—¡Espera, Max!

Ane. ¡Rayos! Ella tiene la culpa de todo... Me paro a esperarla. Es lo que yo digo: soy demasiado bueno.

—¿A que no sabes una cosa?

Bah, el truco de siempre... Pues no pienso picar. ¡Ni pensarlo!

—¿A que no sabes quién es Cleopatra?

¿Quién? ¡Menudo nombre! Cleopatra... ¿Quién será? ¡No la conozco! Lo pienso un momento y luego digo que no, que no lo sé, que me lo diga ella... Al fin y al cabo, un buen detective debe saberlo todo, y cuanta más información tenga, mucho mejor. Además, visto que Ane quiere contarlo, da igual enfadarse y no decirle una palabra. ¡No se va a dar cuenta!...

Vamos juntos a casa, y por el camino Ane me explica un montón de cosas: que Cleopatra era una mujer *muy guapa*, con una nariz grandota, dueña de muchos ejércitos y barcos... Tenía la nariz muy grande, pero que era *muy guapa*... Era la reina de Egipto, muy rica y listísima y, de verdad, era una mujer *muy guapa*, ¡aunque tuviese una nariz tan grande!

¡Caramba, Ane! Cuenta eso y, después, me besa y dice que lo de la nariz y las orejas no le importa y que ella también vendrá a la excursión.

¡Hermanas! ¡No las entiendo!

Llegamos a casa muy contentos. Si viene Ane ya no tengo tanto miedo. De todos modos, al principio estoy un poco nervioso y vuelvo a preguntarle sobre las olas gigantes. Ane me mira muy seria y dice que esté tranquilo, que esas olas sólo existen en el *trópico lejano* y que lo tiene todo bien pensado: tomaremos pastillas contra el mareo y lo pasaremos genial.

¡Guay! Me muero de ganas de hacer la excursión. ¡Me muero de ganas!

—¿Y c-c-cuándo i-i-iremos, A-a-ne?

Me quedo esperando su respuesta, dando saltitos muy contento...

—Ah, pues no sé... Mejor pregúntaselo a papá o a mamá.

¡Porras! ¡Otra vez estoy como al principio! ¡NO ME LO PUEDO CREER!

# 5

## Un nuevo Max

Al principio abro un ojo muy despacio y con ese ojo veo que el cielo está completamente azul. Ni una nube. ¡Genial! Ayer papá dijo que tener buen tiempo es muy importante. Después abro el otro ojo y me levanto de la cama de un salto. Es sábado y hoy, por fin, vamos a hacer la excursión en barco. Estoy muy contento, así que me visto en un pispás y voy corriendo a la cocina a desayunar. En el pasillo no veo a nadie. Eso es raro. La abuela suele levantarse muy temprano, siempre es la primera... Y papá también...

Papá dice que le gusta leer el periódico tranquilamente y que, con nosotros alrededor, no hay manera.

Miro en todas las habitaciones, muy nervioso. ¡Porras! ¿Estoy solo? Al final, encuentro una nota en la sala:

*Nos hemos ido sin ti.*

Después de leerla, empiezo a sudar... ¡Ya me parecía! Ayer por la tarde todos estaban muy enfadados conmigo. La abuelita me riñó porque no comí el bocadillo de chorizo. Ane me gritó que no fuese tan tonto. Mamá dijo que mi cuarto estaba más sucio que un gallinero y papá me echó la bronca por hacer enfadar a todo el mundo.

¡Jopé! ¡Cómo se pusieron!

Me quedo un momento sin saber qué hacer y luego empiezo a darle vueltas al asunto... Estoy muy preocupado, en casa no están nada contentos conmigo, siempre me echan la culpa de todo. ¡Vaya injusticia! Yo no tengo culpa de nada, de verdad; lo que ocurre es que a veces saco los juguetes del armario y luego no me da tiempo a guardarlos... Y después, a la hora de comer, me pongo a pensar, me distraigo y como muy despacio, porque todo no se puede hacer a la vez, ¿no? Además, últimamente Ane se va con sus amigas y no me hace ni caso, así que la culpa es de ella y no mía.

**¡CULPABLE!... ¡CULPABLE!... ¡CULPABLE!...**

¡Ay! De repente, oigo la voz de un monstruo, cada vez más alta... ¡y cada vez más cerca!

**¡¡¡CULPABLE!!!**

¡Qué miedo! El monstruo viene a buscarme y, si no salgo de aquí, ¡me va a coger!

—¡Mamaaaaá!... ¡Ayyyyyy!...

¡¡¡Menudo golpe!!! Me caigo de cabeza de la cama y empiezo a temblar, hasta que aparece mamá y me doy cuenta de que todo ha sido una pesadilla.

Cada vez que me pasa algo así, digo a mamá que se quede un rato conmigo. Mamá me abraza y contesta que esté tranquilo, porque las pesadillas no son de verdad. Después me pide que le cuente lo que he soñado. ¡El caso es que no sé si voy a poder contarle este sueño! Ayer mamá estaba muy enfadada y si le recuerdo lo que pasó, a lo mejor se vuelve a enfadar, da la razón al monstruo y dice que soy CULPABLE y que de excursión, ni hablar.

Por si acaso, le digo que estoy muy bien y no me pasa nada. Mamá me acaricia la frente y me dice al oído que duerma, porque mañana tenemos que ir a la playa y tengo que descansar bien para estar en forma.

¡Menos mal! Después de oírla, me quedo más tranquilo: por lo menos, parece que no van a irse sin mí.

Voy durmiéndome poco a poco y, antes de cerrar los ojos del todo, miro un par de veces por si el monstruo viene otra vez, pero no lo veo y tampoco lo oigo de nuevo. De todas maneras, mientras me quedo dormido decido que a partir de mañana voy a portarme muy bien. Requetebién. Guardaré todos mis juguetes, comeré muy rápido y seré tan bueno que Ane pensará que soy el mejor hermano del mundo. Si me porto así el monstruo no volverá a aparecer, ¿a que no?

—¡Buenos días, renacuajo! Sal de la cama o te dejamos en tierra.

¡Ane! ¡Qué susto! Nada más abrir los ojos la veo junto a la puerta de mi habitación. Cojo la almohada y se la tiro a la cabeza. Luego pasamos un rato rodando por la cama y por el suelo haciéndonos cosquillas, peleando y chillando, hasta que aparece mamá muy enfadada. ¡Jopé! Entra y pregunta a ver qué es este jaleo. Dice que no tenemos ni pizca de formalidad, y que si seguimos así, se va a hacer tarde. Luego ve cómo está mi habitación y a poco le da algo: me grita que está hecha un asco y que si no la ordeno, no hay excursión. ¡Menuda bronca!

Empiezo a guardar las cosas a toda velocidad; es mucho trabajo, de verdad. Hay uno, dos, tres, cuatro..., un montón de juguetes tirados por el suelo. También hay zapatos, ropa y muchísimos calcetines... ¡Puf! No sabía que tenía tantos. Y, mira por dónde, también encuentro el libro de clase que perdí hace dos semanas. ¡El profe se enfadó un montón!

Lo recojo todo volando. Meto lo que puedo en el armario y lo que sobra debajo de la cama.

Ya está. Ahora la habitación se ve mucho mejor, aunque con tantas cosas no consigo cerrar la puerta del armario: se abre una y otra vez y la ropa asoma por todos lados. Además, muchos juguetes se salen de debajo de la cama por mucho que los empuje para adentro. Bueno, ¡qué le vamos a hacer! De todas maneras, me parece que a mamá le gustará más así.

Voy a la cocina muy contento: ser obediente no me ha costado nada. ¡Absolutamente nada! En adelante voy a ser perfecto. ¡Ya veréis!

—¡Buenos días, cariño!

—¡Buenos días, campeón!

Son la abuelita y papá. ¡Qué bien! Ahora verán...

Me siento a la mesa y empiezo a desayunar leche y galletas. Para medir bien el tiempo y no perder el ritmo me fijo en papá: cada vez que pasa una hoja del periódico, me como una galleta y bebo un sorbo de leche. Así todo el desayuno, hasta terminarlo. ¡Uf! Los dejo asombrados, de verdad. Papá dice que soy un gran grumete, y que como he desayunado más rápido que una centella, saldremos de casa muy temprano y seremos los primeros en llegar a la playa.

¡Los primeros! ¡Estupendo! Eso de ser los primeros me parece una idea genial; así que cojo todas mis cosas y me siento en la puerta a esperar a los demás. Mientras espero, les grito que se den prisa, porque papá quiere llegar a la playa *el primero.* ¡Jopé! Sigo gritando hasta que la abuela me manda ir a esperar a mi habitación. Dice que con tanto chillar la pongo muy nerviosa...

¡No hay derecho!

Tardan un montón en acabar —¡qué lentos son!—, pero al final nos vamos a buscar el coche. Subimos todos, pero no nos marchamos, porque de repente mamá se acuerda de una cosa y tiene que volver a casa a buscarla. Mamá dice que eso pasa por salir tan temprano, que así no da tiempo a preparar nada y que seguramente hemos olvidado coger un montón de cosas. ¡Rayos! Mamá no lo dice en broma, ni mucho menos. Nos pasa lo mismo una, dos, tres... hasta cuatro veces: montamos en el coche, papá arranca y mamá le dice a gritos que pare, que se ha acordado de otra cosa. Es muy divertido, aunque a la cuarta papá se enfada un poco. Luego se le pasa enseguida; sobre todo cuando mamá le chilla que la culpa es suya. Mamá dice que esto es lo que pasa por querer llegar *el primero* a la playa.

Bueno, por fin nos ponemos en marcha. En el coche vamos la abuela, papá, mamá, Ane y yo... Los cinco, más todo lo que llevo cada vez que vamos de excursión. Un montón de cosas.

Voy muy tranquilo durante el viaje, y cuando Ane empieza a moverse y a decir que con todos mis trastos le estoy quitando el sitio, no digo ni pío. Cojo el balón de cuero, la pala de plástico, el gorro de marinero, los juguetes y todos los cuentos y me acurruco muy formal junto a la abuela.

Soy un nuevo Max y voy a portarme bien, ¡ya veréis!

—¡Mira, Max, ahí está el mar!

¡Hala! ¡Qué azul y qué grande! Cada vez que lo veo, me quedo con la boca abierta.

Paso el resto del viaje sin quitarle ojo. Papá aparca cerca de la playa y salen todos del coche. A mí me cuesta un poco más, porque con tantas cosas me atasco, algunas se me caen y tardo un rato en recogerlo todo. Pero en cuanto pongo los pies fuera, empiezo a preguntar cuándo vamos a ir al barco. Lo pregunto cuatro o cinco veces.

¡Caramba! Mamá y la abuelita dicen que ni hablar, que es muy temprano y que por el momento lo único que quieren es tomar una buena taza de café. ¡Una taza de café! ¡No hay derecho! Empiezo a ir de un lado a otro, protestando y diciendo a gritos que he sido muy obediente durante toda la mañana y que, si seguimos así, se nos va a pasar el día sin hacer nada.

Al final me hacen caso y todo se arregla: mamá y la abuela se quedarán en la playa; no quieren subir al barco. Ane y yo estamos deseando hacer la excursión, así que ahora mismo iremos al puerto, allí cogeremos el barco del amigo de papá y pasaremos la mañana en el mar. ¡Genial!

Dicho y hecho. Damos un beso a mamá y a la abuela y, después de que ellas nos digan que nos portemos bien y tengamos cuidado, nos dirigimos al puerto. Yo voy dando saltitos entre Ane y papá, un poco nervioso. ¿Cómo será de grande nuestro barco? ¿Será rojo y blanco? Una vez papá me regaló uno rojo y blanco, de madera, y como me gustaba mucho, lo metía conmigo en el agua a la hora del baño. Jugaba con él en la bañera y me imaginaba que se hundía. Era genial y lo pasé bomba, hasta que un día vino mamá y vio el barco en el agua. ¡La que se armó! Me gritó que era de madera y a ver cómo se me había ocurrido meterlo en el agua, que al mojarse se iba a borrar toda la pintura. Desde entonces, el barco está en lo alto de un estante de mi habitación y no he vuelto a meterlo en la bañera.

—¡Mirad! ¡Ahí está!

¡Porras! Entre todos los barcos no consigo ver el que está señalando papá... Yo no, pero Ane sí, porque empieza a dar gritos y saltos y me pisa el pie. ¡Qué daño! Y encima todavía no sé qué barco es.

Miro de un lado a otro. ¿Será ese que está enfrente? ¿Sí? ¡Qué bien! No es rojo y blanco, pero tiene muy buena pinta, se llama *Kantauri*.

Subimos al *Kantauri* con el amigo de papá: «doce metros de eslora, dos motores y una cabina...» Papá va explicando un montón de cosas y, antes de darnos cuenta, dejamos atrás el puerto y vamos directos hacia el mar.

¡Yupiii! Desde aquí se ve a la gente muy pequeñita...

—¡Mira, Max, allí está la playa!

¡La playa! Mamá y la abuelita están allí, ¿no? Así que levanto los brazos y empiezo a chillar para saludarlas. Sigo chillando hasta que Ane me dice que me calle y no sea imbécil, porque la playa está demasiado lejos y no me pueden ver. ¡Bah, Ane! ¡Claro que me ven! Mamá siempre me ve. Siempre. Aunque haya mucha gente. Eso es lo que le he contestado. Eso y que no sea tan sabihonda. ¡Ay! En cuanto le digo que es una sabihonda, me acuerdo de que hoy pensaba portarme bien... Bueno, ¿qué le vamos a hacer? Además, no he empezado yo. Así que seguimos discutiendo a gritos, hasta que se acerca el amigo de papá y nos pregunta si queremos pescar.

¿Pescar? ¡Guay! Nada más oírlo me parece una idea genial: voy a pescar más peces que

Ane y luego le preguntaré a ver quién es más imbécil de los dos. Se va a quedar hecha polvo, ¡je!

Cogemos una caña cada uno y nos ponemos en la borda, esperando que pique el primer pez.

—¡Papaaá! —grita Ane enseguida, y papá la ayuda a sacar un pez muy grande.

¡Hala, Ane! ¡Qué chollo! Nada más echar el anzuelo, va y pica. ¡No hay derecho! Le saco la lengua y le grito que así no vale, que ha sido pura suerte.

De todos modos, después de eso Ane ya no pesca más. Ane no, pero yo sí. Mi caña se mueve dos veces y las dos saco unos peces bastante gordos. ¡Qué bien! Ane la lleva clara.

—¡Muy bien, Max!... —me dice el amigo de papá, después de meter los peces en una cesta—. ¡Hoy vas a hacer una comida de campeonato!

—¡¡¡...!!!

¿Eh? Me quedo de piedra: ¿comida? ¿Qué comida? A mí nadie me ha hablado de eso... Entonces, el amigo de papá explica que los

marineros tienen sus propias costumbres y que respetarlas es muy importante.

A la hora de la comida cada uno se come lo que ha pescado.

¿Qué? ¡No hay derecho! Empiezo a protestar porque el pescado no me gusta nada. ¡Nada! Pero veo que Ane se está riendo como una loca, así que me callo. Lo de hoy se lo voy a regalar a mamá y a la abuela. Yo no me lo como, ni pensarlo.

Bueno, después de eso ya no he pescado más. ¡Menos mal! Y para no aburrirme he pasado el tiempo mirando al agua. El agua del mar sube y baja: ahora sube y después baja y parece que allá en fondo hubiera un monstruo enorme respirando... Un monstruo enorme y dormido, tan grande como el que he visto en mis sueños.

¡Jopé!... Empiezo a pensar en eso y me quedo mirando atentamente al agua, muy preocupado.

¿Y si en el mar hay un monstruo de verdad? ¿Y si al discutir con Ane nuestros gritos lo han despertado? ¿Y si aparece y me come por desobediente?

¡Brrr! Al pensar en eso me echo a temblar.

—Venga, chicos, ¿qué tal un bañito?

¡Oh, no! El amigo de papá ha parado el barco y está preguntando si queremos bañarnos. ¿Tirarme al agua? ¿Con el monstruo ahí abajo?

¡¡¡NI LOCO!!!

—¡Yupiiii!

¡Caramba! En menos de cinco segundos Ane se pone el bañador, salta por la borda y empieza a nadar.

—¡Ven aquí, renacuajo!

Yo no voy, claro; me quedo en el barco, sin quitarme los pantalones, al lado de papá y su amigo.

«¡Pobre Ane! —pienso mientras la miro desde arriba—. Ahora el monstruo subirá y la agarrará por los pies... Se la llevará al fondo del mar... Y allí se la comerá.»

Pobre, pobrecita.

—¡C-C-CUIDADO, A-A-ANE!

¡Jopé! ¡Vaya susto! De repente, estoy viendo una sombra entre las olas y me parece que es el monstruo. Me pongo a gritar para avisar a Ane, que mira a todos lados con cara de miedo. ¡Tengo que salvarla!

Me tiro de cabeza al agua sin pensarlo dos veces... «¡PLAST!»

—¡Y-y-ya voooy, A-a-ane!

Pero Ane no me hace caso y sube al barco a toda velocidad, con ayuda de papá. Mientras tanto, veo otra vez al monstruo, ¡cada vez más cerca y más grande! ¡¡¡SOCORRO!!!

—¡¡¡...!!!

¡Porras! Cuando el monstruo llega a mi lado, me doy cuenta: ¡¡¡no es más que un gran trozo de plástico flotando entre las olas!!!

¡Rayos! Me quedo en el agua muerto de vergüenza, mientras los demás se ríen como locos. ¡Pues no le veo la gracia! ¡No, señor!

En cuanto subo al barco, empiezan a tomarme el pelo: Ane me da una toalla riéndose y dice que tengo demasiada imaginación. ¡Jo, Ane! Papá me abraza y, después de preguntarme si estoy bien, me echa la bronca. Repite tres o cuatro veces que tengo que ser más prudente, porque en el mar hay que pensar bien las cosas antes de hacerlas. ¡Jopé! Luego el amigo de papá me da unos pantalones secos, unos enormes que tenía guardados para emergencias. ¡Vaya pinta voy a tener! Y dice que la próxima vez procure quitarme la ropa antes de tirarme al agua. ¡Qué corte!

De vuelta al puerto no digo ni pío. Nada de nada. Y mucho menos al llegar a la playa: ahora se lo contarán todo a mamá y a la abuelita. ¡Menudo desastre!

—¡Pero, bueno!... ¿Qué te ha pasado, Max? —preguntan en cuanto me ven.

Les explico a toda velocidad lo que ha ocurrido en el barco. A toda velocidad, pero sin darle importancia. Si empiezan a hacer preguntas, la llevo clara.

—¿Un monstruo en el agua?

Mamá se ha quedado de piedra.

—Max, eres demasiado mayor como para creer en monstruos, ¿no?

Y le contesto muy enfadado que no creo en ellos. ¿Cómo voy a creer yo en monstruos? ¡Bah, eso son cosas de críos! Les digo que yo no soy un crío. Eso y que lo que he visto en el agua era sólo un plástico, sólo eso, y que no creo en monstruos. ¡Que no y que no!

Mamá me mira fijamente y después suspira. No pregunta nada más; luego vamos hacia el coche y volvemos a casa. A papá le gusta volver pronto, porque así hay menos tráfico.

Por la noche me acuesto muy temprano. ¡Estoy tan cansado! Antes de apagar la luz, viene mamá y me pregunta si estoy bien... Abro la boca para decirle que sí, pero ¡no me da tiempo!, porque al acercarse a la cama tropieza con un juguete y se enfada mucho. Después ve toda la ropa saliendo por la puerta del armario y ¡¡¡menudo grito!!! Dice que soy un caso perdido y no tengo remedio y que mañana tengo que ordenarlo todo o me voy a enterar.

¡Jopé!

Después de eso, apaga la luz y sale de la habitación muy enfadada. ¡Uf! Bueno, mañana haré lo que ha dicho mamá. Sí. A partir

de mañana seré muy obediente, de verdad. Un nuevo Max. Y en casa todos estarán muy contentos conmigo.

Ya veréis.

¡¡YA VERÉIS COMO SÍ!!

# ÍNDICE

1. La bruja del parque ............ 7

2. El castigo ............ 29

3. Un jarabe de color rosa ............ 47

4. La excursión ............ 67

5. Un nuevo Max ............ 87